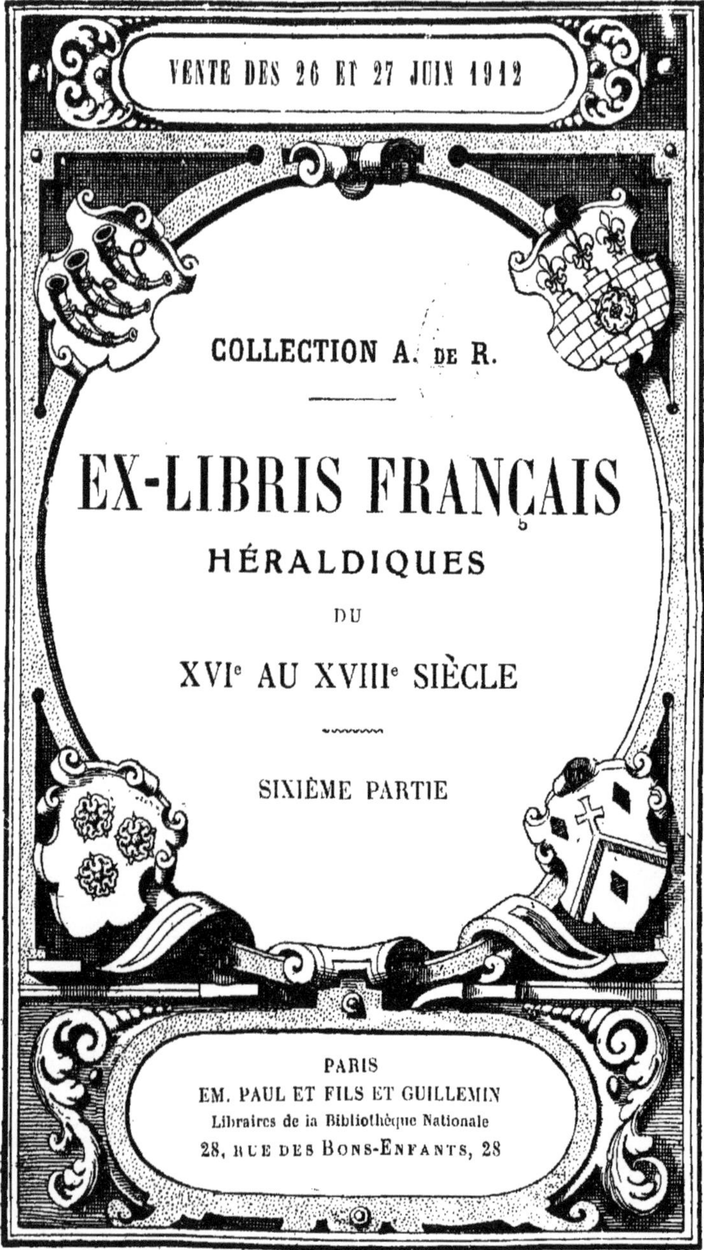
VENTE DES 26 ET 27 JUIN 1912

COLLECTION A. DE R.

EX-LIBRIS FRANÇAIS

HÉRALDIQUES

DU

XVIe AU XVIIIe SIÈCLE

SIXIÈME PARTIE

PARIS
EM. PAUL ET FILS ET GUILLEMIN
Libraires de la Bibliothèque Nationale
28, RUE DES BONS-ENFANTS, 28

Nº 2316 du Catalogue.

COLLECTION A. de R.

EX-LIBRIS FRANÇAIS

SIXIÈME PARTIE

LA VENTE AURA LIEU

Les Mercredi 26 et Jeudi 27 Juin 1912

A DEUX HEURES PRÉCISES DU SOIR

Dans les Salles de Ventes aux Enchères

DE LA LIBRAIRIE ÉM. PAUL ET FILS ET GUILLEMIN

28, Rue des Bons-Enfants, 28 (Anciennes Maisons Silvestre et Labitte)

SALLE N° 1

Par le ministère de **Me ANDRÉ DESVOUGES**, Commissaire-Priseur

26, RUE DE LA GRANGE-BATELIÈRE, 26

Assisté de **MM. ÉM. PAUL FILS ET GUILLEMIN**, Libraires-Experts

28, RUE DES BONS-ENFANTS, 28

EXPOSITION PARTICULIÈRE

Les Lundi 24 et Mardi 25 Juin 1912

28, RUE DES BONS-ENFANTS, 28

De 2 heures à 5 heures

ORDRE DES VACATIONS

	NUMÉROS
PREMIÈRE VACATION — *Mercredi 26 juin 1912*.......	2290 à 2524
DEUXIÈME VACATION. — *Jeudi 27 juin 1912*...........	2525 à 2762

CONDITIONS DE LA VENTE

La vente se fait expressément au comptant.

Les acquéreurs paieront 10 pour cent en sus des enchères.

Les **Experts** chargés de la vente rempliront, aux conditions d'usage, les commissions des personnes qui ne pourraient y assister.

COLLECTION A. DE R.

EX-LIBRIS FRANÇAIS

HÉRALDIQUES

DES XVIᵉ XVIIᵉ ET XVIIIᵉ SIÈCLES

SIXIÈME PARTIE

Nº 2470 du Catalogue.

PARIS

ÉM. PAUL ET FILS ET GUILLEMIN

Libraires de la Bibliothèque Nationale

28, RUE DES BONS-ENFANTS, 28

1912

N° 2304 du Catalogue.

Cette sixième partie renferme de nombreux et très rares ex-libris de femmes bibliophiles. M. A. de R., suivant l'exemple de Guigard, dans son Nouvel Armorial du Bibliophile, *a fait rentrer dans cette catégorie tous ceux à double écusson. pourvu qu'ils soient anonymes et sans attributs masculins.*

XVIe SIÈCLE

2289. (**Daffis**) (Jean). évêque de Lombez ; gr. sur bois.

2290. **Du Fresne** (Rémi et Théophile) ; in-4 de forme ronde.

Pièce *peinte en argen et en couleurs*, avec légende manuscrite, sur un feuillet de garde de format in-folio.

2291. **Lescut** (Nicolas de), conseiller d'Etat du duc de Lorraine ;
in-8, gr. sur bois.

Pièce rarissime, décrite par MM. *Ant. de Mahuet et Ed. des Robert,*
pp. 195-196.

Domine, vt ſcuto bonæ volũtatis tuæ, coronaſti nos.

uto circundabit te veritas eius , non timebis à
timore nocturno.

D. Nicolai de Leſcut ſacræ Cæſareæ aulæ Palatini
V. I. Licentiati: à Conſilijs & Secretis Illu-
ſtriſſimi Lotharingiæ &c. ducis.

2292. (**Pontac**) (Armand de), évêque de Bazas, mort en 1605 ; in-16.

Rare.

XVIIᵉ SIÈCLE

BOURGOGNE

2293. (**Beaune**) (Chapitre de l'église collégiale de).

> Pièce rare représentant les armes de la ville, avec la légende : *Insignia Capituli.*
> Épreuve à toutes marges.

2294. (**Chastellux**) (de), gr. par *C. Bérain ;* in-16.

2295. (**Des Barres de Bréchainville**) ; grand in-4.

> Très belle et très rare pièce, également attribuée à FEYDEAU DE BROU.
> Voir : Quantin. *Ex-libris Bourguignons*, page 8.

2296. (**Fyot de la Marche**) ; petit in-8.

> Second des états décrits par M. Léon Quantin dans les *Ex-libris Bourguignons.*

2297. Galliard (Michel), avocat général au Parlement de Dombes ; in-8.

2298. (**Taisand**) (Pierre), conseiller du Roi, trésorier de la généralité de Bourgogne et de Bresse, gr. par *Le Bossu.*

BRETAGNE

2299. Boullays de Crévecœur (Jacques), gr. par *P. Giffart.*

> Rare.

2300. (**Du Refuge**), gr. par *C. Bérain :* in-16.

2301. (**Prigent**) (de).

> Rare.

2302. (**Rouxel de Medavy de Grancey**) (Marie), première abbesse de Saint-Nicolas de Verneuil ; in-8.

> Rare.
> Légère restauration.

CHAMPAGNE

2303. (**Brulart de Sillery**) (Louis-Roger), 1619-1691, gr. sur bois. — (Louis-Philogène BRULART DE SILLERY), 1702-1770, gr. sur cuivre. — Ensemble 2 pièces.

2304. (Chatillon, seigneur d'Argenton) (de) : pièce grand in-4
(147 × 169).

> Très rare.
> Superbe épreuve à toutes marges.
> *Voir la reproduction à la première page du texte.*

2305. Frizon de Blamont (Nicolas-Rémi), conseiller au Parlement, 1694, puis président, 1704. — Ensemble 3 variantes, dont
2 gr. par *J. Le Roux.*

2305 *bis.* **Frizon de Blamont** (Nicolas-Rémi), président au Parlement, gr. par *J. Le Roux*, 1704 ; in-4.

2306. (Le Fèvre de la Planche) : in-16 ovale en largeur.

> Épreuve à toutes marges.

2307. (Le Fèvre de la Planche), gr. par *Jean Guérin le jeune* ;
grand in-folio en largeur (250 × 354).

> Superbe et très rare pièce.

2308. Reims (Abbaye Royale de Saint-Pierre de).

DAUPHINÉ

2309. Baudet, conseiller au Parlement de Grenoble.

> Pièce paraissant provenir d'un armorial.

2310. Lionne (de), (marquis de Claveson) ; grand in-8.

2311. (Marnais de Beauvais) (Pierre de), trésorier-général des
finances de la province du Dauphiné.

> Épreuve à toutes marges.
> *Voir la reproduction à la page 15 du Catalogue.*

GUYENNE ET GASCOGNE

2312. Anonyme. (*Écartelé : au 1, un lion entouré de 2 palmes et
surmonté d'une étoile : au 2, un arbre accosté de 2 lions ; au
3, une tour ; au 4, 3 rocs d'échiquier ; sur le tout : 3 besants*) ; gr.
par *P. C. F.* (*P. Cisteron*, à Figeac) : in-4.

> Très rare.
> Épreuve à toutes marges.

2313. (Mascaron) (Jules), prêtre de l'Oratoire, évêque de Tulle,
puis d'Agen, célèbre prédicateur.

> Rare.

2314. (Pons) (Mlle de) ; in-8 en largeur.

No 2307 du Catalogue.

2.

ILE-DE-FRANCE

2315. **(Colbert)** (de), gr. par F. *Thomassin*, en 1694.

2316. **(Harlay)** (Achille III de), premier président au Parlement de
Paris ; grand in-4.

> Très belle et très rare pièce, qui se trouvait reliée en tête d'un volume.
> *Voir la reproduction à la quatrième page de la couverture.*

2317. **(Le Jeune)**, ecclésiastique en Beauvaisis) ; in-4.

> Très rare.
> Epreuve à toutes marges.

2318. **(Levesque de Gravelle)** ; in-16.

> Petite pièce rare.

2319. **(Maupas)** (de) ; in-16.

> Rare.

2320. **(Perrot de Fercourt)** ; petit in-4.

> Très rare.

2321. **(Perrot de Fercourt)** (François-Marie), gouverneur des
côtes et îles de l'Acadie, dans la Nouvelle-France ; in-folio
(293 × 325).

> Très rare.

2322. **(Sainte-Marthe)** (de), gr. par *Jean Picart*.

> Très rare.
> Epreuve à toutes marges.

LANGUEDOC

2323. **(Berthier de Montrabe)** (Jean-Louis de), évêque de Rieux
(1578-1662). gr. sur bois.

> Très rare.

2324. **(Johanne de la Carre)** (Jacques de), gr. par *D. V.* ; grand
in-8.

> Epreuve à toutes marges.

LYONNAIS

2325. **Roman de Rives** (chanoine de l'abbaye de l'Isle-Barbe) ;
in-8.

> Epreuve légèrement rognée.

2326. **(Talaru)** (de) ; in-4.

> *De gueules à l'aigle d'argent,* accolé de TALARU. — Très rare.
> Epreuve un peu endommagée, provenant de la collection Lormier.

NORMANDIE

2327. **Bardin** (Jean), prêtre ; in-12.

> Très rare.

2328. **Bardin** (Jean), prêtre : in-4.

> Très rare.
> Epreuve à toutes marges.

2329. **(Bigot)** (Mᴵᴵᵉ).

> Rare.

2330. **(Carvel de Saint-Merey)**, gr. par *G. D.*

> Très rare.
> Epreuve à toutes marges.

2331. **(Du Bosc d'Ermival)** ; in-12.

> Rare.

2332. **(Grainville)** (de).

> Belle épreuve à toutes marges.

2333. **Gréard** (Louis), (avocat au Parlement de Rouen, mort en 1686).

> Epreuve à toutes marges.

2334. **La Fosse** (François de), chanoine de l'Eglise de Rouen, gr. par *J. T(oustain)* ; in-8.

> Rare.
> Superbe épreuve à toutes marges.

2335. **Lamare** (Antoine de), seigneur de Chenevarin ; in-8.

> Epreuve portant la description typographique des armes.

2336. **(Le Chandelier.)**

> Epreuve à toutes marges ; petit raccommodage en marge.

ORLÉANAIS

2337. **Félibien** (André), sieur des Avaux, historiographe du Roy ; 1650 ; in-8 carré.

2338. Vaillant de Saint-Victor (Alexandre).

Epreuve très grande de marges.

2339. (Vaslin des Bréaux) (Charles), conseiller du Roi, trésorier des finances au bureau de la généralité d'Orléans.

PICARDIE

2340 Clausse (Henry de), évêque et comte de Chalons.

Pièce paraissant provenir d'un armorial.

2341. Corbie (Abbaye de Saint-Pierre de), gr. sur bois.

Très rare.

PROVENCE

2342. (Barcilon); gr. sur bois.

Rare.

2343. (Castellane d'Adhemar) (Louis-Joseph de), évêque d'Evreux en 1680.

2344. (Forbin)-Janson (le cardinal Toussaint de), gr. par *Vallet*; in-12 en largeur.

Epreuve à toutes marges.

2345. (Lanau) (Julien-Barthélemy) conseiller au siège d'Arles en 1675, gr. par *C. M.* — André-Barthélemy Lanau, conseiller du Roi à Arles, gr. par (*Michel*) ; petit in-8. — Ensemble 2 pièces.

PROVINCES DIVERSES

2346. (Amyens) (d').

2347. Anonyme. *(D'argent, au chevron d'or accompagné en pointe d'un arbre, au chef chargé de 2 croissants.*

Epreuve à toutes marges.

2348. Anonyme. (*D'argent à une foi accompagnée en chef de 3 étoiles et en pointe d'une mer ; au-dessous un cartouche renfermant un monogramme.*)

Epreuve à toutes marges.

2349. Anonyme. (*D'azur, au chevron d'argent accompagné en chef de 2 roses et en pointe d'une cigogne. ou grue*).

2350. **Anonyme.** (*D'azur, à 3 mains d'argent mouvant de nuées; entrelacées au centre de l'écu et tenant un bouquet de fleurs et de fruits, ou une corne d'abondance ?*) ; in-16.

2351. **Anonyme.** (*D'azur à la tour d'or* ; accolé *d'azur au lion d'or accompagné en chef de deux étoiles d'or*) ; in-8 en largeur.

   Ex-libris d'un abbé.

2352. **Anonyme.** (*De gueules, au chevron, accompagné au chef de 2 étoiles et en pointe d'un tonneau couché, le tout d'or*) ; in-12.

2353. **Anonyme.** (*D'or, au chevron de gueules, accompagné de 3 losanges d'argent*), gr. par *P. F.*

2354. **Anonyme.** (*D'or, à 2 faisceaux de licteurs de sable, posés en sautoir ; au chef de sable chargé de 2 palmes d'or en sautoir*); avec les initiales : *A. N. J. V. D. A. L* ; in-8.

2355. **Anonyme.** (*Ecartelé : aux 1 et 4, d'argent à 3 pigeons (?) à la bande brochante ; aux 2 et 3, de sable au chevron d'argent, au chef d'argent chargé d'un lion issant*; devise : Ἐλπίζει πιστὸς καὶ φύσει), gr. par *Sarret*.

2356. **Anonyme.** (*Ecartelé : aux 1 et 4, de sinople à la tour d'argent ; aux 2 et 3, d'or à 3 couleuvres de sinople en fasce*) ; pet. in-8 de forme ronde.

   Ex-libris très rare d'un ecclésiastique.
   Belle épreuve à toutes marges.

2357. **(Baffet de la Mothe)** (de), en Périgord, gr. par *J. Seguenot,* 1667 ; in-folio en largeur (222 × 273).

   Superbe et très rare pièce.

2358. **Besançon** (Bibliothèque de l'Université de), gr. sur bois.
   Epreuve à toutes marges. — Rare.

2359. **Chevrière de Paudy** (Jacques).

   Pièce paraissant provenir d'un armorial.

2360. **(Corberon)** (Nicolas de), procureur général au Parlement de Metz en 1684. — 2 variantes in-16 et in-4.

2361. Coulon, escuyer de la Grande Escurie du Roy, gr. par *C. Lauwers* ; in-4.

Très rare.
Epreuve à toutes marges.

2362. Desbrisay (Théophile).

Curieuse et très rare pièce.
Epreuve fortement restaurée.

N° 2361 du Catalogue.

2363. (Dreux) (Philippe de), maître des Requêtes de l'Hôtel du Roi, en 1669 ; in-folio en largeur (189 × 227).

Superbe épreuve à toutes marges de cette pièce rarissime.

2364. (Goault). gr. par *Barbery* ; in-8 en largeur.

2365. Justel (de), gr. par *Jean Picart*.

Ex-libris de Christophe de Justel, auteur de l'*Histoire généalogique de la Maison d'Auvergne*. — Très rare.

2366. **Le Pottier de la Hestroy** (Jean), écuyer.

2367. (**Maillet**).

> Pièce également attribuée à Le Chandelier.
> Epreuve à toutes marges.

2368. (**Normandin**) (de), ecclésiastique.

> Epreuve à toutes marges.

2369. **Resteau de Beaufort** (en Flandre) ; in-8.

> Très rare.
> Epreuve sans marges.

Nᵒ 2311 du Catalogue.

N° 2733 du Catalogue.

XVIIIᵉ SIÈCLE

ANJOU

2370. **Charbonnier de la Guernerie**, capitaine de Dragons, gr. par *L. F.*

> Petite tache.

2371. **(Clermont-Gallerande) (de).** — 5 pièces, dont trois étiquettes.

2372. **Saint-Germain**, marquise d'Aligny (Mᵐᵉ de).

> Ex-libris de Marie-Renée de Saint-Germain, épouse de Claude-René Robin de la Tremblaye, marquis d'Aligny.

ARTOIS

2373. **(Boufflers) (Ch.-Marc Jean de)**, inspecteur général d'Infanterie, gr. par (le *chevalier de Pujol*, en 1761).

> Très rare.
> *Voir la reproduction à la dernière page du texte.*

2374. **(Le Pipre)**, gr. par *Nonot.*

2375. **Manchon**, gr. par *Nonot*.

Légère restauration.

Nᵒ 2376 du Catalogue.

2376. (**Palisot de Beauvois**) (Mᵐᵉ), née Marie-Marguerite-Anne-Robertine Lhoste; petit in-4.

Epreuve tirée en sanguine.

AUVERGNE

2377. **Clermont** (Abbaye de Saint-Allyre, à) gr. par *B. Chinon*.

2378. **Langeac** (Mᵐᵉ la Comtesse de), née Gilberte de La Queuille; 1754.

3.

2379. **Langeac** (Mme Christine-Charlotte-Antoinette-Félicité de
Lénoncourt, marquise de), gr. par *d'Orvasy*, à Nancy.

> Très rare.

2380. **(La Tour d'Auvergne)** (Mme la Princesse de Turenne, née
Princesse de Lorraine).

> Rare et jolie pièce.

2381. (**Narbonne-Lara**) (Mme la Duchesse de), née Adélaïde-Marie
de Montholon ; in-16.

> Très rare.

2382. (**Narbonne-Lara**) (Mme la Duchesse de), née Françoise de
Chalus-Sansat.

BERRY

2383. (**Le Bas**) de Girangy (Mme), née Marie-Catherine Quentin
de Champlost. — 2 variantes.

2384. **Le Normant** (Jean), évêque d'Evreux. — 2 variantes in-12
et in-4.

> Epreuves à toutes marges.

2385. **Pinon de Quincy** (Anne-Louis de). (président à mortier au
Parlement de Paris). — 2 pièces différentes, dont une anonyme.

BOURGOGNE

2386. **Bèze** (Abbaye de), arr. de Dijon, diocèse de Langres, gr. par
L. M. (*L. Monnier*).

2387. **Clermont-Tonnerre** (Jean-Louis-Ainard de), abbé de
Luxeuil, gr. par *Viotte*.

2388. **Damas** (Mme la Comtesse Charles de), née Marie-Louise-
Aglaé Andrault de Langeron.

2389. **Damas** (d'Antigny) (Mme de), née Zéphirine-Félicité de Rochechouart.

> Epreuve à toutes marges.

2390. (**Damas**) d'Anlezy (Mme la Comtesse de), née Michelle-
Perrette Le Veneur de Tillières.

2391. **Faultrières** (Michel, comte de), exempt des Gardes du Corps, lieutenant du Roy de la province de Charollois, **gr. par** *Ferrand*, 1730.

2392. **(Fitz-James)** (Mme la Duchesse de), née Marie-Claudine-Sylvie de THIARD.

2393. **Gautier** (Pierre-Louis), chanoine de la Sainte-Chapelle royale.

> Léger raccommodage à un angle.

2394. **Henrion** (Camille-Henri), **gr. par** *Cl. Roy*

> Etat très rare et non cité, avec les étoiles d'argent et sans la croix de chevalier.

2395. **(Joly de Fleury)**, gr. par *J. Audran*, d'après *Desmaretz* ; in-8 en largeur.

2396. **(Joly) de Fleury** (Mme la Marquise de), née Anne DU BOIS DE COURVAL.

2397. **(Leblanc)** (l'abbé), gr. par *C.-O. Galimard*, d'après *Cochin fils*.

2398. **Nardot**, gr. par *Durand*.

> Rare.
> La signature du graveur est légèrement atteinte.

2399. **(Pechpeyrou de Comminges)** (Mme de), née Louise-Adélaïde DUREY DE MESNIÈRES.

> Epreuve à toutes marges.

2400. **(Richard) de Villers-Vaudey** (Mme) ; parti de VIVONNE DE LA CHÀSTAIGNERAYE.

> Le nom de Mme de Villers-Vaudey est manuscrit.

2401. **Rymon** (Philibert de), chanoine de la cathédrale et conseiller du Roi au présidial de Chalon, 1740.

> Epreuve à toutes marges.

2402 **(Sayve)** (Mlle de) gr. par *Desloges* ; in-12.

2403. (Sayve) (Mlle de) ; grand in-12.

Rare.

2404. (Thiroux) de Mondésir, maréchal de camp, gr. par *Louise le Daulceur*, d'après *H. Gravelot* ; in-8.

Épreuve très rare, *tirée sur papier bleu et à toutes marges.*

N° 2405 du Catalogue.

BRETAGNE

2405. Boisgelin (Mme la Comtesse de), dame de Remiremont.

Rare.

2406. Butler (le Vicomte de), gr. par *Ollivault*, à Paris, 1788 ; in-8.

Très belle pièce. — Rare.

2407. (Cahideuc) (Mme la Marquise de), née Marie-Félicité-Michelle de Pons.

Rare.

2408. (Cahideuc) du Bois de la Motte (Mme la Comtesse de), née Jeanne-Madeleine-Eugénie de Boisgelin.

Très rare.

2409. (Carré de Luzancay).

N° 2406 du Catalogue.

2410. Des Casaux (Mme), née Marie-Henriette de Briquemault, petit in-8 carré.

2411. Des Loges (du Closclorière.)

Jolie pièce, très bien gravée.

2412. Du Bu de Longchamp (Mme), née Catherine Carrelet de Loisy, gr. par *Ollivault* ; in-8.

Epreuve rognée.

2413. (Geffrard) (Mme de), née de Rullaud.

2414. (**Harscouet de Saint-George**), gr. par *Ollivault*; grand in-8.

> Rare.
> Belle épreuve à toutes marges.

Nº 2414 du Catalogue.

2415. La Motte-Geffrard (de), sous-lieutenant des Gardes Françaises.

> Rare.

2416. Lannion (le comte de), (maréchal de camp); petit in-8.

2417. Laussat (de), gr. par *Ollivault*.

> Très rare.
> Superbe épreuve à toutes marges.

N° 2447 du Catalogue.

N° 2418 du Catalogue.

2418. (Le Goff.)

> Curieuse et charmante composition.

2419. (Menou) (Mme de), née Anne-Isabelle-Michelle de Chaspoux de Verneuil ; in-8.

2420. Piolaine (Em.), moine bénédictin de la congrégation de Saint-Maur, gr. par *Ollivault*, à Rennes.

> Très jolie pièce, reproduite ci-contre.

2421. (Rohan-Guemené) (Mme la Princesse de), née Victoire-Armande-Josèphe de Rohan-Soubise, gr. par (*Germain*). — Mme la Princesse de Guemené ; in-16. — Ensemble 2 pièces.

2422. Toustain (le Vicomte de), gr. par *Ollivault*.

> Epreuve sans marges.

CHAMPAGNE

2423. Bourgevin (de). — Bourgevin de Vialart de Moligny : 2 variantes. — Ensemble 3 pièces.

2424. Dommanget, prieur commendataire de Saint-Remy.
> Epreuves avec très grandes marges.

2425. Fagnier de Vienne, capitaine des Vaisseaux du Roy, gr. par Mr *Maugein*.

2426. (Fuligny-Damas) (Mme de), née Pons de Rennepont.
> Très rare.

2427. (Fuligny-Damas) (Marie-Gabrielle de), (comtesse de Rochechouart). née de Pons Praslin. — 2 variantes in-32, de forme carrée et ovale.
> Pièces de la plus grande rareté.

2428. (Fuligny-Damas) (Marie-Gabrielle de), comtesse de Rochechouart : grand in-4.
> Superbe pièce de la plus grande rareté, dont nous donnons à la page **26** une reproduction réduite.
> Belle épreuve à toutes marges.

2429. Lagoille de Selle, capitaine (au Régiment de Briqueville).
> Rare et non cité dans les *Bibliophiles Rémois* de M. H. Jadart.

2430. **(Maillart de Landreville)** (Mᵐᵉ de), née Marie-Ursule
D'Ivory.

Epreuve à toutes marges.

2431. **(Pajot de Marcheval)** (Mᵐᵉ), née Hélène-Marie Moreau de
Saint-Just.

Nº 2420 du Catalogue.

2432. **Roland de Challerange** (Mᵐᵉ), conseillère au Parlement
(née de Brosses) ; in-8.

2433. **Rolland de Challerange** (Mᵐᵉ), conseillère au Parlement ;
in-8.

Pièce différente de la précédente et *tirée en sanguine*.
Epreuve à toutes marges.

2434. **Romance de Mesmon** (Germain-Hyacinthe, marquis de) :
gr. sur bois. — Bibliothèque du château de Romance. —
Ensemble 2 pièces.

4.

2435. (**Thiboust** (le Comte de), de Berry, des Aulnois, capitaine
au Régiment de Normandie ; in-12 en largeur.

DAUPHINÉ

2436. (**Barral**) (de), président au Parlement. — (Pierre-Fr.-Paulin
de BARRAL DE MONTFERRAT), pièce avec attributs militaires. —
Ensemble 2 pièces.

N° 2428 du Catalogue.

2437. (**Bouvier**) de **Saint-Jullien** ; in-8.
Tirage ancien, très rare.

2438. (**Monteynard**) (de), gr. par *Bellon*, à Montpellier, en 1771 ;
grand in-4.
Rare.
Très belle épreuve à toutes marges.

2439. **(Morard) de Galle** (le chevalier), capitaine des Vaisseaux
du Roy.

2440. **(Moreton de Chabrillan)** (Mlle de).

2441. **Pracomtal** (Mme la Comtesse de), (née Anne-Charlotte Thiroux de Montregard).
> Très rare.

2442. **Sautereau-Montessuy** (Mme de): in-12 en largeur.
> Epreuve à toutes marges.

N° 2441 du Catalogue.

FLANDRE

2443. **Arenberg** (S. A. S. Mme la Duchesse d'), (née Pauline-Féli-
cité de Brancas-Villars), gr. par *A. Cardon.*
> La légende est manuscrite.

2444. **(Berghes)** (Mme la Vicomtesse de), née de Créquy-Canaples.

2445. **Bertin** (Mme), (née de Dillon), gr. par (*Merché*).

2446. **Briois d'Hulluch)** (Vigor de) abbé de Saint-Vaast d'Arras,
gr. par *De Meuse* ; in-8.
> Epreuve à toutes marges.

2447. **Buissy** (de), gr. par *P.-P. Choffard*, 1759.

2448. **Dixmude de Montbrun.**

449. **Foissey** (Alexis), à Dunkerque, gr. par *Thérèse Brochery*.
— 3 variantes, dont une avec la couronne remplacée par le niveau maçonnique.

2450. **(Haffrengues)** (Ch.-Hipp.-Marie d'), gr. par *Merché*.

2451. **(Hecquet)**, gr. par *Brochery*.
> État fort rare : le nom du titulaire a été enlevé du cartouche et remplacé par un semis d'étoiles.

2452. **Le Couvreur** (Henri), chanoine d'Ypres, gr. par *Merché*, à Lille.
> Rare.
> Épreuve à toutes marges.

2453. **(Muyssart)**, gr. par *Merché*.
> Rare.
> Épreuve à toutes marges.

2454. **Raparlier**, gr. par *Derond* à Lille ; in-8.

2455. **(Rohan)** (Geneviève-Armande-Elisabeth de), abbesse de Marquette, diocèse de Tournai, gr. par *J.-C.-D. Merché*, à Lille.
> Très rare.

2456. **Sars d'Hasvent** (Mme de), accolé de D'ESPIENNES.

2457. **Théry (de Gricourt)** (l'abbé), gr. par *A. T.* à Cys. (*A. Théry*, à Cysoing), en 1750.
> Très jolie composition.

2458. **Tordreau** (M^r et Mme de), gr. par *Danchin*, à Cambrai.

FRANCHE-COMTÉ

2459. **Besançon** (Grands Carmes de) ; petit in-8.

2460. **Bousson** (J.-Fr.), chanoine de Salins, gr. par *Micaud*.
> Épreuve à toutes marges.

2461. **(Brun)** (Henriette-Charlotte-Gabrielle de), dame de la Croix-Etoilée.
> *J.-B. Mercier*, n° 119.

GASCOGNE

2462. **Jonsac** (Mme d'Esparbès de Lussan, Comtesse de), née Elisa-beth-Pauline-Gabrielle de Colbert.

2463. **(Maurès de Malartic).** — 2 variantes.

2464. **Ossun** (Mme la Comtesse d'), née Geneviève de Gramont.

Epreuve ancienne, rare.

GUYENNE

2465. **(Caumont) de la Force** (Mme la Duchesse de), née Sophie-Pauline d'Ossun.

Epreuve à toutes marges.

2466. **Guyonnet de Monballe** (Godefroy), vicaire-général de l'archevêque de Bordeaux.

Légende manuscrite.

2467. **Lamourous** (de), conseiller au Parlement, gr. par *Pallière.* — 2 variantes, dont une *très rare*, avec le champ d'azur.

2468. **Lequien de la Neufville** (Charles-Auguste), prieur com-mendataire du prieuré de Saint-Etienne de Mortagne, en Sain-tonge ; in-8 en largeur.

Rare.
Epreuve à toutes marges.

2469. **(Pignatelli d'Egmond)** (Mme la Princesse de), née Hen-riette-Julie de Durfort-Duras.

2470. **Pons** (M. le Vte et Mme la Vicomtesse de), (née Pulchérie-Tranquille de Lannion).

Très rare.
Voir la reproduction sur le titre du Catalogue.

2471. **Pons** (Mme la Marquise de), (née Emmanuelle-Marie-Anne de Cossé-Brissac).

ILE-DE-FRANCE

2472. **Alleray** (Mme d'Angran d'), gr. par *Louise Le Daulceur* d'après *Durand.*

2473. Alleray (Mlle d'Angran), gr. par (*Louise Le Daulceur*).
Rare.

2474. Animé (C.), prêtre du Séminaire de Saint-Sulpice.
Épreuve à toutes marges.

2475. Bernard de Rieux (G.), gr. par Huquier, d'après Duflocq ; in-8
Jolie pièce, très recherchée.

2476. Cherier (Claude), ancien abbé de Chastelcensoy ; in-8.
Jolie pièce.

2477. (Cheval.)
Rare.

2478. Choiseul (Mme la Comtesse de), née Marguerite-Geneviève
de La Briffe.
Épreuve à toutes marges.

2479. (Colbert) (René-François-Édouard), marquis de Maulevrier,
sous-lieutenant des gendarmes Anglais.
Sur écartelé : *aux 1 et 4,* d'Estaing ; *aux 2 et 3,* de Froulay.
Rare.

2480. (Darlus.)
Épreuve à toutes marges, tirée à la sanguine. — Rare.

2481. (Darlus) du Tailly (Mme), gr. par *Louise Le D(aulceur)*.
Rare.

2482. Delagrave, conseiller du Roy, commissaire au Châtelet de
Paris.
Très rare. — Légère restauration.

2483. Dionis (J.-F.), abbé de Cuissy.
Très rare.

2484. (Dondey)-Desmarquetz (Charles), procureur au Châtelet
de Paris. — 2 pièces, dont une non héraldique gr. par *Bourgeois.*

2485. (Doublet) de Persan (Mme), née Anne-Adélaïde Aymeret de
Gazeau.

2486. (Dubut), curé de Virollay, gr. par (*J. Le Roy*).
Épreuve à l'état d'*eau-forte et avant toute lettre,* de la plus grande rareté.

2487. Du Tillet, officier de marine.

Rare.
Légers raccommodages.

2488. Gueulette (Thomas), gr. par *H. Bécat* ; grand in-8.
Pièce curieuse et recherchée.

N° 2490 du Catalogue.

2489. Huquier (J.-G.), gr. par *lui-même* ; in-8.
Très jolie composition.
Petit trou dans la partie inférieure.

2490. Laborde (Jean-Benjamin de), premier valet-de-chambre du
Roi et Adélaïde-Suzanne DE VISMES, son épouse, 1786.

Ex-libris de la plus grande rareté ; c'est celui de l'auteur des célèbres
Chansons.
Très léger raccommodage.

2491. **Le Daulceur** (Mme), (née Antoinette-Louise Mignot de Montigny), gr. par *elle-même* d'après *Ed. Bouchardon.*

2492. (**Le Pelletier**) **de Rosanbo** (Mme la Présidente), née Marguerite de Lamoignon de Malesherbes.

2493. **Mérard de Saint-Just**, ancien maître d'hôtel de Monsieur frère du Roi, (accolé de Challo-Saint-Mard).

Épreuve tirée à la sanguine.

2494. **Mesnard de Clesle**, officier des Gardes du Corps.

2495. (**Montmorency-Laval**) (Louis-Joseph de), évêque d'Orléans, de Condom, puis de Metz, Prince de l'Empire ; petit in-4.

2496. (**Montmorency-Luxembourg**) (Mme la Duchesse de), née des Laurents de Brantes.

2497. (**Moron**) (Mme de), née de Vin ; in-8.

2498. (**Orléans**) (Louis, duc d'), duc de Chartres, premier Prince du Sang, mort en 1752.

2499. **Paris** (Eglise Sainte-Croix de).

Très rare.

2500. **Rondé** (Mme), Galerie du Louvre.

Variante peu commune.

2501. (**Rothelin**) (Charles d'Orléans, abbé de) ; petit in-8.

2502. (**Rouillé d'Orfeuil**) (Gaspard-Louis), grand prévôt de l'ordre de Saint-Louis, gr. par Tarin, 1744.

2503. (**Saint-Cyr**) (Maison Royale de Saint-Louis, à). — 2 variantes in-16, gr. sur bois, avec les initiales C. V. et M. G.

2504. (**Saint-Cyr**) (Maison Royale de Saint-Louis, à) ; in-12, gr. sur cuivre.

2505. (**Saint-Edmond**) (Bénédictins anglais de), à Paris, gr. par *Strange*, d'après *Ch. Eisen.*

Pièce très recherchée.

2506. **Saint-Ouen** (Confrérie de), gr. par *Stallin fils*, 1753.

Rare.

2507. **(Talon) du Boulay** (Mme), née Françoise-Madeleine de CHAU-
VELIN. — 3 variantes, dont une gr. par *Decaché*.

2508. **(Testu de Balincourt)** (Mme), née Anne-Alexandrine de BER-
NARD DE CHAMPIGNY .

N° 2498 du Catalogue.

2509. **(Thumery)** (le Marquis Jean-Jacques de), commandant du
Régiment des Hussards de Bercheny ; in-18.
Rare.

2510. **Tristan** (de), (maréchal de camp et gouverneur de Dunkerque.)

2511. Verduc (de), conseiller au Parlement, 1740.

> Rare.

2512. (Verduc) (Mme de).

> Très rare.

2513. Vienne (J.-T.-F. de), chanoine de l'Église de Paris, abbé commendataire de Bonne-Fontaine. gr. par *Roy*.

LANGUEDOC

2514. (Auber) de Peyrelongue (M^r et Mme d') ; in-16.

2515. (Azemar de Popian) (Mme d'), née d'AZEMAR DE MONTRÉAL.

2516. Bardy, gr. par *Jeanjean* ; in-12 en largeur.

2517. (Baylens de Poyanne) (de), gr. par *J. Tubert* ; grand in-4.

> Rare.

2518. Belissen (le Marquis de), lieutenant-colonel de Dragons, gr. dans le goût *d'Ollivault*.

2519. Besset de la Chapelle-Milon (Elisabeth-Henriette).

> Epreuve à toutes marges.

2520. (Brandouin du Puget) (Mlle Anne-Louise-Hippolyte de) ; gr. par *P.-P. Choffard*, 1766.

> Charmante pièce, dont on ne connaît que le présent exemplaire qui fut vendu sous le nom de Ferragut, à la vente d'ex-libris du 1er décembre 1905.

2521. (Brunet de Castelpers de Panat) (Jean), évêque d'Evris, gr. par *J.-B. Scotin* ; in-8.

> Rare.
> Epreuve avec très grandes marges.

2522. (Buisson d'Aussonne) (Mme de), née de COMMINGES.

> Epreuve à toutes marges. — Rare.

2523. Cambon (François-Tristan de), évêque de Mirepoix, gr. par *J. Mercadier*. — 2 variantes in-12 et in-4.

> Epreuves à toutes marges.

2524. Cambon (François-Tristan de), évêque de Mirepoix, gr. par *J. Mercadier* ; in-folio (225 × 167).

> Très belle épreuve à toutes marges.

N° 2518 du Catalogue.

N° 2520 du Catalogue.

2525. (**Campmas de Saint-Remy**) (Mme de), née Marie-Jacqueline
de C olonges, gr. par *Veissière*.

2526. **Catellan** (Jean-Marie de), abbé de Boulencourt (diocèse de
Troyes) et de Saint-Paul de Narbonne ; petit in-8.
Les quatre derniers mots sont écrits à l'encre.

2527. (**Caylus de Rouairoux**) (le Marquis Joseph-François de).
— 3 variantes, dont une gr. par *Baour*, 1749.

2528. (**Caylus**) (Charles-Daniel-Gabriel de Pestel de Lévis de Thu-
bières de), évêque d'Auxerre ; petit in-4 en largeur.
Très rare.
Epreuve à toutes marges.

2529. **Cullon de Villarsson** (L.-A. de), (colonel d'Artillerie).
Epreuve à toutes marges.

2530. (**David**) (Alexandre-Amable de), colonel d'Infanterie, gr.
par *Macrandre*.
Epreuve à toutes marges.

2531. **Durand** (M. l'Abbé).
Epreuve à toutes marges.

2532. **Du Solier** (Joseph-Louis), seigneur du Soget. (commandant
de l'Ecole d'Artillerie de Grenoble).
Epreuve à toutes marges.

2533. (**Espie**) (Félix-François, comte d'), capitaine au Régiment
de Picardie.

2534. (**Esprit**) (Mme) ; petit in-12.
Les blasons de cet ex-libris sont inversés par erreur du graveur.

2535. **Foucard d'Olimpies**, lieutenant de Roy de Montpellier.
Epreuve à toutes marges.

2536. (**Fournier**), (bourgeois de Ginestas), gr. par *Baumès*.
Rare.

2537. **Girard** (le Marquis de) ; in-12 en largeur.
Rare.

2538. (**Grave**) (le Comte François de), colonel du Régiment de
Provence ; *fait à la plume par Chevalier, à Montpellier, en 1783* ;
in-folio (237 × 170).

2539. (**Grégoire**) **de Nozières** (le Comte de), (colonel du Régiment de Flandres).

2540. (**Johanne de la Carre**) (Mme de), née Marguerite-Charlotte de Barjot.

> Rare.

2541. (**Labroue de Gandalou**) (Mme de), née de Cantalause.

> Rare.
> Epreuve tirée à la sanguine.

2542. **Lambel** (député de la sénéchaussée de Villefranche de Rouergue aux Etats-Généraux de 1789).

> Pièce révolutionnaire, très recherchée.

2543. **La Porte** (l'abbé de), vicaire général de Bordeaux. — 3 variantes, dont une gr. par *D*.

2544. **Le Cointe**, capitaine de Cavalerie au Régiment de Conty ; petit in-8 en largeur.

> Rare.

2545. **Lestrade** (de), (lieutenant au Régiment de Béarn.)

2546. (**Lévis-Mirepoix**) (Pierre-Louis, duc de), maréchal de France, gr. par *J. Mercadier*.

> Très rare.
> Belle épreuve à toutes marges.

2547. (**Lévis-Mirepoix**) (Pierre-Louis, duc de), maréchal de France ; in-8 ovale.

> Très rare,

2548. **Lombard de Sagnes** (Joseph-Ant.-César). (lieutenant-colonel au Régiment des recrues des colonies) ; petit in-8.

2549. (**O'Brien**) (Charles), maréchal de France, commandant en Languedoc ; in-4.

> Très rare.

2550. (**Rigaud**) **de Vaudreuil** (Mme la Comtesse de), Gouvernement du Louvre.

2551. **Rochemore** (J.-L. de), (officier au Royal-Infanterie, puis aux Gardes du Corps de Monsieur) ; in-16, gr. par *B*.

2552. Roussy (Gabriel-François de), (capitaine aux Gardes-françaises, lieutenant des Maréchaux de France à Montpellier).

2553. Saumery (Alexandre de), évêque de Rieux.

2554. Vassal (Mme de), (née de Pas de Beaulieu). — 2 variantes, dont une au nom de son mari.

2555. (Vougny) (Mme de), née Marie-Louise-Antoinette-Anne Pelée de Varennes.

LIMOUSIN

2556. (Chiniac de Labastide) (Pierre de), gr. par (*J. Le Roy*, 1769).

Epreuve *avant toute lettre* et à toutes marges. — Très rare.

2557. (Verthamon de Chavagnac) (Michel de), évêque de Montauban ; in-8.

Rare.
Epreuve un peu rognée.

LORRAINE

2558. (Apremont) (Joséphine-Monique-Mélanie d'), née de Mérope.

2559. (Biaudos de Castéja.)

2560. Carvoisin (le Comte de), gr. par *Collin*, à Nancy. — 2 variantes in-12 et petit in-8.

2561. Clouet, Régisseur général pour le Roy des Poudres et Salpêtres, gr. par *de la Gardette*.

Rare. — *Voir la reproduction ci-contre*.

2562. (Drouas de Boussey) (Claude), évêque de Toul. — 2 variantes in-12 et in-8, gr. sur bois.

Premier et quatrième des états décrits par *Ant. de Mahuet et Edm. des Robert*.

2563. Du Perron, gentilhomme ordinaire de S. A. R. Madame, Duchesse douairière de Lorraine, par *Collin*, à Nancy. 1756 : in-8.

Très rare.

2564. (Gabriel) (Claude-Louis), avocat à Metz.

2565. Ganot de Moullainville (Charles), (chef de brigade, directeur de l'Artillerie à Brest), gr. sur bois.

Epreuve à toutes marges, avec la légende manuscrite.

2566. Langlois (Jean-François), chanoine de l'Eglise de Verdun.

N° 2561 du Catalogue.

2567. L'Aubrussel (Jean-Bapt.-Fr.-Jos. de), chevalier, seigneur de Mont-Richard, conseiller au Parlement de Metz. gr. par *Collin*, à Nancy.

Pièce rarissime.

2568. (Léopold) (Nicolas-François), conseiller-secrétaire du Roi, gouverneur des villes et château de Vic.

Pièce très rare, non citée par *MM. Ant. de Mahuet et Edm. des Robert*, qui ne mentionnent qu'un fer à dorer ayant servi au même personnage.

2569. Lorraine (Camille-Louis de), prince de Marsan ; très grand
in-8. — Charles-Louis de LORRAINE, prince de Mortagne, sire de
Pons ; petit in-8. — Ensemble 2 pièces.

2570. Mengin, lieutenant général du Bailliage de Nancy, gr. par
Collin.

> Très jolie pièce.

2571. (Moreau de Séchelles) (Mme de), née DU VACHE ; petit
in-8.

2572. Pont-à-Mousson (Abbaye de Sainte-Marie-Majeure, à). gr.
par *Nicóle*, à Nancy, 1751.

> Second des états décrits par *M.M. Ant. de Mahuet et Edm. des Robert*, p. 282.
> Epreuve à toutes marges.

2573. Preysing (Mme la Comtesse de).

> Légende manuscrite.

2574. Thibault, conseiller d'Etat, procureur général de la Chambre des Comptes (au Parlement de Lorraine), gr. par *Collin*, à
Nancy, 1756.

> Epreuve à toutes marges de cette jolie pièce.

2575. Thouvenin, conseiller du Roy, son avocat procureur au
bailliage de Lixheim, gr. par *Collin*, à Nancy, 1769.

> Très jolie pièce.

LYONNAIS

2576. (Albon) (Angélique-Charlotte de CASTELLANE, marquise d') ;
in-8.

> Epreuve à toutes marges.

2577. Alix (Bibliothèque du Séminaire d'). arrond. de Villefranche, fondé en 1807.

> Rare.

2578. Basset de Chateaubourg, ancien capitaine de vaisseau ;
petit in-8.

2579. (Brossier) de la Roullière (Mlle Anne-Bénédicte) ; 1748.

> Rare. — *Voir la reproduction ci-contre.*
> Epreuve à toutes marges.

2580. Chappuis de la Goutte (A.), gr. par *Mandonnet*, 1760.

Epreuve à toutes marges ; deux noms manuscrits ajoutés.

2581. Chol de Clercy (François), avocat en Parlement et ancien échevin.

Epreuve à toutes marges.

Nᵒ 2579 du Catalogue.

2582. (Claret de Fleurieu) (Mᵐᵉ), née Aglaé-Félicité-Françoise DES LACS D'ARCAMBAL.

2583. (Deschamps) de la Villeneuve (officier au Régiment de Dauphin-Infanterie).

Rare.

2584. Dugad (Lambert-Claude), curé de Saint-Pierre et Saint-Saturnin de Lyon ; in-8.

Epreuve à toutes marges.

2585. Fulchiron (Aimé-Gabriel) ; gr. in-8.

> Très jolie pièce à laquelle on a ajouté une étiquette imprimée de mêmes
> dimensions : *Bibliothèque de A. G. Fulchiron.*

2586. Gayet (Antoine), bourgeois de Lyon.

> Rare.
> Non cité dans l'*Armorial des Bibliophiles du Lyonnais.*

2587. Grimod de la Reynière (A.-B.-L.), le célèbre gastronome.

> Pièce très recherchée.

2588. Guynet (de Montverd) (Antoine), (capitaine de grenadiers
au régiment de Saintonge).

> Rare.

2589. Imbert (Claude), gr. par *Mandonnet.*

> Rare.

2590. Juliand (Jean), prêtre (et curé de Saint-Rambert dans l'Ile-
Barbe) ; in-8.

> Non cité dans l'*Armorial des Bibliophiles du Lyonnais.*
> Epreuve à toutes marges, portant ajouté à l'encre : *S. Theologiæ doctoris.*

2591. (La Roue) (Mme J.-B. de), née Sibylle RICHERI ; in-8.

> Rare.

2592. Lyon (Carmes déchaussés de) ; 2 variantes. — GRANDS
CARMES DE LYON, 1769 ; in-8 à toutes marges. — Ensemble
3 pièces.

2593. (Madières de Vernoille), gr. sur bois.

> Pièce de toute rareté, non citée dans l'*Armorial des Bibliophiles du
> Lyonnais.*
> Epreuve à toutes marges, tirée en rouge.

2594. Nompère (de Pierrefite), (lieutenant-colonel de cavalerie).

> Epreuve à toutes marges. — Rare.

2595. (Planelli de Mascrany de la Valette) (Laurent), dit
M. DE CHARLY — 2 variantes : in-12, gr. sur cuivre et in-8, gr.
sur bois.

2596. **Pougeol** (Mᵐᵉ Pauline), (née) Dervieu du Villar.

2597. **Renaud** (Jacques), de l'ordre des Frères Prêcheurs de Lyon ; in-8.

> Rare.
> Petite tache.

2598. **Rosier de Magnieu** (du).

> Epreuve ancienne, à toutes marges. — Très rare.
> On y a ajouté une épreuve moderne de l'ex-libris du Vicomte du Rosier de Magnieu.

2599. **Saphoux** (Barthélemy) ; in-8.

> Rare.

2600. **Souchay** (directeur de l'Ecole de dessin) de Lyon. gr. par *Choffard*, d'après *C. Monnet*, en 1776 ; in-8.

> Très belle épreuve à toutes marges de cette pièce recherchée.

MAINE

2601. **Billard de Charenton** (G.-N.) ; petit in-8 carré.

> Rare.

2602. **Courtarvel** (le Marquis de). gr. par *Lucas*.

> Jolie est très rare pièce.

2603. **(Courtin d'Ussy)** Mᵐᵉ de), née Adélaide-Louise de Brizay de Denonville.

2604. **Montesson** (Mᵐᵉ la Marquise de), née Charlotte-Jeanne de Béraud de la Haye de Riou.

2605. **Robethon** (Mˡˡᵉ de), rue des Maçons, place de Sorbonne.

> Très rare.

NORMANDIE

2606. **(Bazin) de Besons** (Armand), évêque de Carcassonne. —
3 variantes.

2607. Beaunay-Dutot (Sœur Marie-Madeleine de), prieure du monastère de Fontaine-Guérard, diocèse de Rouen,

2608. (**Brévedent**) (Mme de), née Suzanne PLANTEROSE. — 2 pièces différentes, dont une in–8 en largeur gr. au trait.

2609. Broglie (Mme la Marquise de), née BESENVAL.
Épreuve à toutes marges.

N° 2607 du Catalogue.

2610. Broglie (Mme la Maréchale, duchesse de).

2611. (**Cadot de Sebbeville**) (Mlle de).
Très rare.

2612. (**Cochart de Chastenoye**) (Mme de), née Anne-Charlotte LE TONNELLIER DE BRETEUIL.

2613. (**Croismare**) (Mme de), née Marie-Thérèse LE DUC DE LA FONTAINE.

N° 2616 du Catalogue.

N° 2618 du Catalogue.

2614. Dallet, gr. par *Goüel*.

Rare.

2615. Ducarel (André-Coltée), l'auteur des *Antiquités anglo-normandes* (1713-1785).

Né en Normandie ; sa famille dut quitter la France afin de pouvoir professer librement la religion protestante.

2616. Du Four de Pihallière (Nicolas-Gabriel) et Mme Philiberte de Turin, unis le 18 novembre 1791.

Très rare. — *Voir la reproduction à la page précédente.*
Epreuve à toutes marges.

2617. (Durand de Missy) (Pierre-Jean-Baptiste), évêque d'Avranches, gr. par *H. F. A. R.*; petit-in-8 en largeur.

Epreuve à toutes marges.

2618. (Du Val) de Bonneval (Mlle).

Très rare. — *Voir la reproduction à la page précédente.*
Belle épreuve à toutes marges.

2619. (Escorches) de Sainte-Croix (le marquis d'). — L. d'Estampes ; 2 variantes. — (Ficquet du Boccage), gr. par *Gamot*. — Mⁱⁿ Foache. — (Gosselin) d'Anisy ; 2 variantes. — Gravelle de Fontaines, gr. par *Goüel*. — J.-L.-A. de Gressent. — de Guillebon ; 2 variantes, dont une gr. par *Jacques fils*. — Ensemble 11 pièces.

2620. (Estièvre de Trémonville) (Mme), née Suzanne de Brévedent.

2621. Gallois de Maquerville (J.-L.-G.), avocat général au Parlement de Rouen ; 2 variantes. — Gallois (François-Paul), second président en la Chambre des comptes de Normandie, puis président à mortier au Parlement de Metz, gr. par *Nicole*, à Nancy, 1763. — Ensemble 3 pièces.

2622. (Gautier de Savignac) (Jean de), capitaine au Régiment de Médoc.

Famille originaire du Rouergue.

2623. (Geoffrin) (Mme), née La Haye des Fossés. — 2 variantes in-12 et in-8.

2624. Godard (J.-J.-F.), abbé de la Sainte-Trinité de Caen, doyen de la Collégiale du Saint-Sépulcre de Caen, 1761.

2625. **(Grout) de Saint-Paër** (M' et Mme).
Rare.

2626. **Guenet de Louye** (Mlle L.-E. de), prieure des Filles-Dieu
de Rouen.

2627. **(Haillet du Fossé)** (Mlle).
Très rare.

2628. **Hurard** (Institution des Citoyennes), à Rouen. — 2 variantes, dont l'une avec légende manuscrite.
Très jolies pièces.

N° 2628 du Catalogue.

2629. **(Jubert de Bouville)** (Mme de), née Jeanne-Suzanne-Marie
de LAMPÉRIÈRE DE MONTIGNY ; in-8.

2630. **(Labbey de la Roque)** (Pierre-Elie).
Epreuve à toutes marges.

2631. **(Larchier)** (Mme de), née de RUQUIGNY DE BULONDE, gr. par
Jacques
Rare.
Epreuve à toutes marges.

2632 **Le Chandelier**, gr. par *Gouël*, 1778.
Très rare.

2633. (Le Chevalier) d'Ecaquelon ; in-8.

2634. (Le Héricy de Vaussieux) (Mme), née Louise-Josèphe de BAZIN DE BEZONS.

2635. (Le Pellerin de Gauville) (Mme), née Madeleine LE GENDRE D'ARMENY. — 2 variantes.

2636. (Le Sens de Morsan) (Robert-Armand-René), président à mortier au Parlement de Rouen, gr. par *Goüel*, 1777.

2637. Lisieux (Bibliothèque du Chapitre de).

2638. (Mahiel) d'Estanville (Mme de), née de JARENTE, gr. par *Le Maître*.

2639. (Bizemont-Prunelé) (Marie-Catherine d'HALLOT, comtesse de), gr. par *André de Bizemont-Prunelé*, en 1781 ; petit in-8 en largeur.

Belle épreuve à toutes marges, *avant la lettre* et *avant les armoiries*.

ORLÉANAIS

2640. (Brochet de Saint-Prest.)

Epreuve à toutes marges.

2641. (Chaludet) (Mme de), née Suzanne de ROCHECHOUART.

Très rare. — *Voir la reproduction ci-contre.*

2642. Des Mazis de Boinville (le chevalier), capitaine au Corps Royal de l'Artillerie.

2643. Horeau, gr. par *A.-F. Sergent* ; in-12.

Charmant intérieur de bibliothèque. — Très rare.
Le nom du titulaire a été très habilement gratté.

PÉRIGORD

2644. (Beaumont) (Marie-Claude, marquise de), née de BEYNAC ; in-4.

2645. Béringhen (Mme la Marquise de), née Angélique-Sophie de HAUTEFORT.

2646. (Du Clusel) (Mme), née Marie-Thérèse TOUZARD.

2647. **(Grossolles-Flamarens)** (de). — 2 épreuves, dont un *essai d'artiste à l'état d'eau-forte.*

2648. **(La Cropte) de Bourzac** (Marie-Henriette ACHARD DE JOUMARD DE LÉGÉ, comtesse de).

Nº 2641 du Catalogue.

2649. **Mellet** (Elisabeth-Mélanie Le Daulceur, comtesse de). — 2 pièces différentes, in-16, gr. par *L(ouise Le) D(aulceur)* et grand in-12, gr. par *Louise Le Daulceur* d'après *Ed. Bouchardon.*

PICARDIE

2650. **(Boula)** (Mme de), née de MESTWETTER. — BOULA DE COULOMBIERS. — A.-J. BOULA DE MAREUIL. — Ant. BOULA DE MONTGODEFROY. — Ant.-Fr.-Alex. BOULA DE NANTEUIL ; 1777. — Ensemble 5 pièces.

2651. **Boula de Paris.**

Ex-libris de Marguerite BOULA DE MONTGODEFROY, épouse de François PARIS DE LA BROSSE.

2652. (**Flahault**) **de la Billarderie** (le Marquis), (brigadier de cavalerie).

2653. (**Lancry de Pronleroy**) (Mlle de).

2654. (**Mailly**) (Louis-Marie, marquis de), capitaine des Gendarmes Ecossais.

> Epreuve à toutes marges.

2655. (**Mailly**) **de Néelle** (Bibliothèque de M. le Marquis et de Mme la Marquise de).

> Ex-libris de Louis-Joseph de MAILLY, marquis de Nesle et de Camille-Françoise-Gabrielle de HAUTEFORT. — Rare.

2656. (**Rochefort d'Ailly**) (Mme la Marquise de), née Marie-Louise-Madeleine de BEAUVAU : in-18 de forme ronde.

2657. (**Trudaine de Montigny**), ministre de Louis XVI, gr. par *Berthault* d'après *Le Sage* ; petit in-12.

POITOU

2658. **Bouhier de la Davière** (M. l'Abbé).

2659. (**Dajot**) (Louis-Lazare), directeur des fortifications de Brest, maréchal des camps et armées du Roi.

> Très rare.

2660. **Forget** (Jean-Claude), capitaine général des Fauconneries du Roy.

2661. (**Irland**) (d'). — 2 variantes in-12 en largeur.

> Rares.

2662. (**La Trémoïlle**) (Mme la Duchesse de), née Marie-Hortense-Victoire de LA TOUR D'AUVERGNE, gr. par *Tardieu fils*.

PROVENCE

2663. **Aguillon** ; gr. à l'eau-forte.

> Ex-libris d'un officier de marine.

2664. (**Bourgarel**) **de Martignan** (de).

> Epreuve un peu rognée dans sa partie inférieure.

2665. **(Croze de Lincel)** (Henri-Alexis de), garde de l'étendard royal des Galères, premier consul d'Arles, gr. par *Brupacher*, 1767.

> Curieuse et rare pièce avec emblèmes maçonniques.

2666. **(Duchier de Vancy)**, gr. par *Michel*.

> Epreuve sans marges.

2667. **(Gantès)** (Joseph-Henri-François de), lieutenant de vaisseau, gr. par *Lemaire* ; in-12 en largeur (deux lions pour supports).

> Très rare.

2668. **(Giraud)** (de), gr. par *Berlier*, 1740 ; in-12. — Le même, par (*Michel*) ; in-16. — Ensemble 2 pièces.

> Epreuves à toutes marges.

2669. **Glandevès-Mercier** (de).

> Ex-libris de Lucie Marie de GLANDEVÈS, épouse de Charles-Magloire-Dieudonné de MERCIER.
> Epreuve à toutes marges.

2670. **(Laidet)** (Mme de) ; in-12 en largeur.

2671. **(Meyran de Lagoy)** (de), gr. par *Michel*, à Arles. — 3 variantes, dont une datée de 1727.

2672. **Montmajour** (Abbaye de Saint-Pierre de), près d'Arles, gr. par *Brupacher*, 1765 : in-8.

> Epreuve à toutes marges.

2673. **(Morel de Villeneuve)** (Joseph-Casimir de).

2674. **Olivier** (Mme d'), gr. par *Jean Brun* ; petit in-8 en largeur.

2675. **(Pontevès)** (Jean-Louis de), capitaine de vaisseau.

> Charmante petite pièce. — Les armes du titulaire reposent sur un socle renfermant un médaillon représentant un combat naval.

2676. **Rosset de Saint-Quentin** (de).

> Epreuve à toutes marges.

2677. **Salamon** (Alphonse-Antoine-Laurent), secrétaire d'État du Saint-Siège pour Avignon ; grand in-8.

2678. **Salamon** fils, avocat du Roi en la Sénéchaussée du Comté-Venaissin.

2679. Sauzey. avocat.

Intérieur de bibliothèque.
Epreuve à toutes marges.

2680. (Vacon) (Jean-Baptiste de). évêque d'Apt.

N° 2681 du Catalogue.

2681. Valbelle de Merargues (Marguerite-Delphine. marquise
de), gr. par *H.-J. Béguin*, en 1723 ; gr. in-8.

Très belle et très rare pièce, gravée à la manière noire.

2682. (Villardi) de **Montlaur-Dufaur** (le Marquis de).

2683. Villeneuve-Martignan (de), gr. par *J. Michel* de Genève,
à Avignon. 1732; in-8.
Rare.

2684. Vintimille (Mᵐᵉ de), (née Marie-Madeleine-Sophie Talbot
de Tyrconnel).

2685. Vintimille (Mᵐᵉ la Vicomtesse de), (née Louise-Joséphine-
Angélique de Lalive de Juilly).

Nᵒ 2688 du Catalogue.

SAVOIE

2686. (Filippa de Martiniana) (le Cardinal Charles-Joseph),
évêque de Maurienne en Savoie ; in-8 en largeur.
Très rare.

2687. Voysin (Benoît), docteur-médecin en Savoie; gr. sur bois.
Non cité par *M. Henry-André*.

TOURAINE

2688. (Aiguillon) (Mᵐᵉ Du Plessis de Richelieu, duchesse d'), née
Anne-Charlotte de Crussol de Florensac, gr. par *A. Aveline*.
Très rare.

2689. **(Beauvau)** (Marie-Thérèse de), épouse de son cousin Pierre-Madelaine, marquis de Beauvau ; attribué à *Tardieu*.

2690. **(Le Royer) de la Sauvagère** (Félix), ingénieur en chef de Port-Louis.

2691. **Musset-Depatay** (Victor et Louise de).

Ex-libris du père et de la tante du célèbre poète Alfred de Musset.
Etat avec la devise : *Amicitia et natura conjuncti*.

2692. **(Pallu du Parc)** (Mme de), née de BRIOIS, gr. par (*Germain*).

Jolie pièce, finement gravée.

2693. **Touraine** (Bibliothèque du Régiment de).

Etiquette au pochoir, très rare.

2694. **Tours** (Ecole académique de); gr. sur bois.

Rare.

PROVINCES DIVERSES

2695. **Anonyme**. (*D'argent, à la bande de sinople chargée de 3 quartefeuilles d'or, accolé : de gueules, au bouc rampant de...*)

2696. **Anonyme**. (*D'azur, à 3 piquets ? d'or*), gr. par *P. Tanjé*, d'après *L. F. D.* (*Louis-Fabrice-Dubourg*).

Charmante composition, très finement gravée.

2697. **Anonyme**. (*Ecartelé : au 1 d'azur, à la licorne d'argent, à la bordure d'or chargée de 7 chardons; au 2, de* MURRAY ; *au 3, d'argent à 3 écussons de gueules ; au 4, de* BARCLAY DE BALVAIRD.)

Ex-libris d'une demoiselle Ecossaise.

2698. **Anonyme**. (*Ecartelé : aux 1 et 4, parti : au 1 de gueules à la chouette, au 2 de sinople ; aux 2 et 3 d'azur, à la croix d'argent cantonnée de 4 fleurs de lis du même.*)

Ex-libris d'une demoiselle. — Très rare.

2699. **Anonyme**. (*Fuselé d'argent et de sinople, au lion de gueules brochant sur le tout.*)

Ex-libris d'une demoiselle.

2700. **Avirey** (d'), officier de marine.

2701. **Beaumanoir** (Mme de).

2702. (**Bercée de Compont**) (de); gr. sur bois.
> Epreuve à toutes marges. — Rare.

2703. **Blondin** (Pierre), curé de Rue, ou Ruce ?
> Rare. — Le nom du titulaire est écrit à l'encre.

2704. (**Bonaparte**) (Caroline), épouse de Joachim MURAT, roi de Naples. — 2 variantes.

N° 2711 du Catalogue.

2705. **Botereau** (J.-P.-L.).
> Très rare. — Epreuve à toutes marges.

2706. (**Bourbon-Malause**) (Mme la Marquise de), née Marie-Françoise de MANIBAN.

2707. **Bourdier de Beauregard** (Valentin).
> Rare. — Epreuve à toutes marges.

2708. **Boutry du Pommeret** (de), écuyer fourier des Logis du Roy.
> Rare.

2709. Campan (Madame), (femme de chambre de la reine Marie-Antoinette) ; in-24.

Petite pièce très rare. — Epreuve à toutes marges.

2710. Chateaugiron (J.-M. de).

Un prêtre lisant dans son cabinet de travail.

2711. Chopin (P.-F.), avocat, gr. par *Ollivault*.

Charmante et très rare pièce.

N° 2716 du Catalogue.

2712. Dabry.

Epreuve à toutes marges.

2713. Dauphin-Infanterie (Régiment du), gr. par (*de Pujol*.

Epreuve *avant toutes lettres*, de la plus grande rareté.

2714. Dauphine (Bibliothèque de Madame la), gr. par *Ch. Eisen*, en 1770 ; grand in-8.

Frontispice du catalogue de la Bibliothèque de la reine Marie-Antoinette, alors Dauphine de France.

2715. Doucet (M.-R.), prêtre ; in-12 en largeur, gr. à l'eau-forte.

2716. Elisabeth (de **Bourbon**) (Madame), gr. par (*Dezauche*).

Très rare.

2717. **Fougeroux de Bondaroy,** membre de l'Académie Royale des Sciences, par *Criez*.

Epreuve à toutes marges. — Rare.

2718. **Germain** (le chevalier de), Ingénieur ordinaire du Roy.

Léger raccommodage.

2719. **(Grassot)** (l'Abbé) ; 1726.

2720. **Guénin** (Charles).

Jolie pièce. — Rare.

2721. **Guillaumot d'Aubou(re)lard.**

2722. **Hartmanis** (J.-F. d'), (officier suisse au service de la France, maréchal de camp).

2723. **Hémery** (Mme Clément), gr. à l'aqua-teinte d'après *Desrais*.

Ex-libris rarissime, provenant de la collection de M. de Rozière et qu'il avait accompagné de cette note : « *Le seul exemplaire que j'ai vu.* »
Déchirure atteignant la composition à l'un des coins inférieurs.

2724. **(Jay de Miane)** (Giron-François de), exempt des Gardes du corps du Roi ; gr. sur bois.

Rare.

2725. **(Lambot de Fougères).**

Epreuve à toutes marges.

2726. **La Moureux de la Borde** ; in-12 en largeur.

Très rare.

2727. **Le Boiteulx** (Charles). — Jean-Baptiste Le Boiteulx ; 2 variantes. — Ensemble 3 pièces.

2728. **Le Maire,** gr. par *Brenet*.

2729. **Lerchenfeld-Siesbach** (Mme la Baronne de), née comtesse de Haslang.

2730. **Louise-Adélaïde de Bourbon-(Conti)** (Madame).

Rare.

2731. **(Mathieu) de Vienne** (J.-B.), (en Alsace). subdélégué.

2732. **Me(s)nard de la Salle** (Mme de), née Catherine Brossard ; in-8.

2733. Mourot (Jean-François-Régis), (député du Béarn aux Etats-Généraux de 1789).

> Rare.
> Epreuve à toutes marges.
> *Voir la reproduction à la page 16 du Catalogue.*

2734. Ortala, gr. par *lui-même*.

2735. Picaudeau de Rivierre.

> Curieux ex-libris *à rébus*.

2736. Roguin (Mme de), née Bouquet.

2737. Roullier (Miss).

> Pièce très rare, accompagnée d'une étiquette typographique : *Ex-libris Roullier*.

2738. Rzewuska (Mme la Comtesse Constance), née Princesse Lubomirska ; in-18 en largeur.

> Jolie petite pièce. — Rare.

2739. Saint-Phalier (de) ; in-12 de forme ovale.

2740. (Scarron de Vaujour) (de).

2741. Semeuze (de).

2742. Silva (Mme de); in-12 en largeur.

> Légende manuscrite.

2743. Silva (Mme de) ; in-8, gr. d'après (*Ch. Eisen*).

> Légende manuscrite.

2744. Steiguer, capitaine de Dragons.

2745. (Stolberg) (Louise-Marie de), comtesse d'Albany, *inv. et gr.* P. S. R. A.

> Charmante pièce, très recherchée.
> Voir sur le graveur de cette pièce le n° de juillet 1908 des *Archives des Collectionneurs d'Ex-libris*, pp. 102-104.

2746. Surbeck (de Chaumont) (de), aide-major aux Gardes Suisses.

2747. Tascher (le chevalier Alexandre-François de), (capitaine d'Artillerie, lieutenant des Maréchaux de France à Bellesme).

> Epreuve à toutes marges.

2748. **(Telles d'Acosta)** (Joseph-Emmanuel), mestre-de-camp de
Cavalerie.

2749. Trelliard.

Très jolie pièce gravée à l'eau-forte représentant Mercure dans un paysage.

2750. Valicourt (Elizabeth de.)

Rare.

Nᵒ 2745 du Catalogue.

2751. **(Valicourt de Becourt)** (Mᵐᵉ de), née de CALONNE.

Epreuve à toutes marges.

2752. Victoire de France (Madame). gr. par *C. Baron*.

———

2753. Femmes bibliophiles : (Mᵐᵉ d'ALBERT D'AILLY, née Bonnier
de la Mosson), épreuve à la sanguine. — La Marquise des ARMOI-
SES. — Mˡˡᵉ des AUBRIÈRES. — Duchesse de BERRY. — (Mᵐᵉ BLON-
DEL d'AUBERS, née de Calonne). — (Mˡˡᵉ Virginie) CHARDON. —
(Mˡˡᵉ CHAUDOT), légende manuscrite. — Mᵐᵉ la comtesse de COL-
BERT, née Jeanne David). — (Mᵐᵉ de) GINESTOUS DE CHALLAY, née de
Marescot. — (Mᵐᵉ JOGUES DE GUÉDREVILLE), née de Dillon. — En-
semble 10 pièces.

2754. Femmes bibliophiles : (Mme Du Sauzay, née Marguerite de Blottefière). — (Mme d'Etienne du) Bourguet, née Françoise de Félix : pièce au pochoir. — (Mlle Le Tellier de Louvois, née de Bombelles). — (Mlle de Mandat de Grancey). — Mme la Vicomtesse Henry de Ségur, née de Portelance. — Mme (Thiroux) d'Arconville, née Darlus, gr. par *Louise Le Daulceur*, d'après *Ch. Eisen*. — (Mme de Voyer d'Argenson, née de Mailly). — Anne-Thérèse-Ph. d'Yve. — (Mme Dupleix de Cadignan, née Catherine Hunter). gr. par *Goby*. — Ensemble 9 pièces.

2755. Femmes bibliophiles : Mlle H.-A. Camelin. — Mme Veuve Chardon, née d'Aubière. — Marquise de Costa de Beauregard, née d'Auberjon de Murinais (pièce très curieuse).—Mme de Joannis. — Mme de La Borde. — Mme Ed. de Malijay, née Fortia de Piles. — Mlle M. Marescaux. —(Caroline Murat). comtesse de Lipona. — Mme la duchesse de (Noailles-)Mouchy. — Mme de Rougemont. — Ensemble 10 étiquettes.

2756. Aubin (de Gaineru), gr. par *Branche*. — Joseph Bolomier, 1740. — de Bourgongne, gr. par *Roy*. — Ant.-Ign. de Camus de Filaix, gr. par *Bouchy*, 1732. — Demasur, gr. par (*Merché*). — Daniel Formentin, gr. par *Chollet*. — Hervé, gr. par (*Merché*). — J.-B. Morin. gr. par *Roy*. — André Ollivier, gr. par (*Chalmandrier*). — Ensemble 9 pièces.

2757. Carré de Bouchetault : 2 variantes. — Courtin de Perreuse. — L. de Crevant d'Humières. maréchal de France en 1688 ; in-18. — Le chevalier Du Tertre. — L'abbé Fauvel. — de (Goujon) de Thuisy. — (Hugon). —(de La Brousse de Veyrazet) : in-18. — Valentin de Mailly. — Pihan de la Forest. — (Syette de Villette). — Ensemble 12 pièces.

2758. Le Roy, gr. par *Jacques*. — (L'abbé Pucelle), gr. par *Tardieu fils*. — (Séguier). gr. par *Branche*. — Louis de Vienne. gr. par *J. Gossel*. — Joseph Xaupi, gr. par *Avisse* ; 3 variantes. — Séminaire d'Aix-en-Provence ; 2 variantes. — Ensemble 9 pièces.

2759. Anonymes. — Réunion de 12 pièces.

2760. **Bastille** (Château Royal de la), 1788.

> Pièce rare et recherchée, collée sur le tome VII de l'*Histoire de l'Amérique* du P. Touron. *Paris*, 1768, in-12, v. ant.

2761. **Proust de Chambourg** (Aymon), professeur de droit en l'Université d'Orléans.

> Pièce reliée en tête d'un volume portant sur le dos les armes de ce personnage.

2762. **Toerring-Seefeld** (Mme la Comtesse Adélaïde de.)

> Pièce collée sur *Œdipe*, tragédie de Voltaire. *Munich*, 1755, in-12, cart.

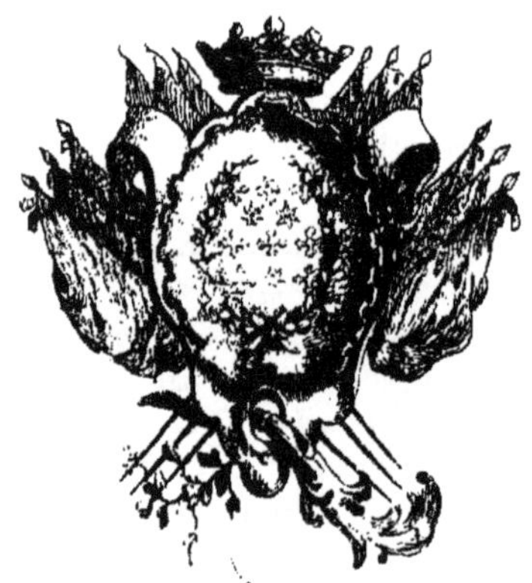

N° 2373 du Catalogue.

EM. PAUL ET FILS ET GUILLEMIN
Libraires de la Bibliothèque Nationale
28, RUE DES BONS-ENFANTS, 28

TABLE ALPHABÉTIQUE

DES NOMS DE FAMILLES ET DE SEIGNEURIES

CITÉS DANS LES QUATRE VOLUMES

de l'Histoire Héroïque et Universelle

DE LA

NOBLESSE DE PROVENCE

PAR ARTEFEUIL

DRESSÉE PAR

LE VICOMTE ERNEST DE ROZIÈRE

Blois, 1901, beau volume in-4 de vii, 144 et 163 pages, sur papier vergé, illustré d'une planche contenant 9 blasons, broché. (*Publié à 30 francs*). . . . . **15 fr.**

Important travail, indispensable aux collectionneurs d'ex-libris et de généalogies des familles de Provence. Il renferme la réimpression du tome IV du *Nobiliaire* qui manque à la plupart des exemplaires : la *Liste des familles qui ne se trouvent pas rapportées dans l'Histoire héroïque de la Noblesse de Provence ;* la *Table* et l'*Armorial du Nobiliaire de Provence,* avec la description des armoiries de chaque famille.

EM. PAUL ET FILS ET GUILLEMIN
Libraires de la Bibliothèque Nationale
28, RUE DES BONS-ENFANTS, 28

OUVRAGES

de Feu M. le Cᵗᵉ Godefroy de Montgrand

Liste des Gentilshommes de Provence qui ont fait leurs preuves de noblesse pour avoir entrée aux Etats tenus à Aix de 1782 à 1789, publiée pour la première fois d'après les procès-verbaux officiels, par le comte Godefroy de Montgrand. *Marseille*, 1860, in-8 de 2 ff. prél. et 57 pp. plus une pl. hors texte, pap. vergé, br.　**1 »**

Armorial de la ville de Marseille. Recueil officiel dressé par les ordres de Louis XIV, publié pour la première fois d'après les manuscrits de la Bibliothèque Impériale, par le comte Godefroy de Montgrand. *Marseille*, 1864, gr. in-8 de 1 f. prél. contenant les armes de l'auteur, front. gr. 443 pp. et 2 ff. non ch. papier vélin, *nombreux blasons*, br. . . . . **5 »**

— Le même ouvrage, sur GRAND PAPIER DE HOLLANDE.　**10 »**

Généalogie de la Maison de Montgrand dressée sur les titres de famille vers la fin du XVIIᵉ siècle et continuée jusqu'à ce jour d'après les titres et documents authentiques. *Marseille*, 1864, in-8 de 29 pp. et 1 f. non ch. blasons, br. . . . . **1 »**

Histoire Généalogique de la Maison Ruffo, par Filadelfe Mugnos, traduite de l'italien par le comte Godefroy de Montgrand de la Napoule, gentilhomme provençal ; avec annotations et continuation jusqu'à ce jour pour les deux branches napolitaines des princes de Scilla et de Sant'Antimo-Bagnara, suivie de la descendance à partir de Sigérius Ruffo de Calabre de la branche aînée de cette famille, établie en Provence vers la fin du XIVᵉ siècle ; le tout accompagné des pièces relatives à la famille Ruffo de Bonneval, marquis de la Fare. *Marseille*, 1880, gr. in-8 de 2 ff. prél. non ch. et 548 pp. pap. vélin, portr. et front. en couleur hors texte, 5 tableaux généalogiques pliés, *nombreux blasons* dans le texte, br. . . . . **4 »**

— Le même ouvrage, sur GRAND PAPIER DE HOLLANDE de format in-4 . . . . **9 »**

Tous ces ouvrages, imprimés avec luxe, ont été tirés à un très petit nombre d'exemplaires et n'ont pas été mis dans le commerce.

EM. PAUL ET FILS ET GUILLEMIN

Libraires de la Bibliothèque Nationale

28, RUE DES BONS-ENFANTS, 28

EX-LIBRIS HÉRALDIQUES ANONYMES, par Léon Quantin.
Première série. — In-8 de 288 pages, *illustré de nombreuses reproductions et tiré seulement à 200 exemplaires.* — Prix................ ...... **25 fr.**

Important travail *permettant de trouver la détermination d'environ 1.200 ex-libris anonymes héraldiques* et formant un complément indispensable de *l'Armorial du Bibliophile* de Guigard.

EX-LIBRIS BOURGUIGNONS, par Léon Quantin. — In-8 de 66 pp.
orné de 28 figures. — Prix. . . . . **3 fr.**

LES BIBLIOPHILES DU BAS-LANGUEDOC (département du Gard) **ET LEURS EX-LIBRIS**, par Prosper Falgairolle. — In-8 de viii-134 pp., *orné de 96 reproductions d'ex-libris et tiré seulement à 109 exemplaires* . . . . **Épuisé**

ARMORIAL DES BIBLIOPHILES DE LYONNAIS, Forez, Beaujolais et Dombes. par W. Poidebard, J. Baudrier et L. Galle. — Petit in-folio, *orné de 1.000 figures dans le texte et de 42 planches hors texte.* — Prix. . . . . **75 fr.**

EX-LIBRIS FRANC-COMTOIS, par J.-B. Mercier. — In-8 de 175 pages. *orné de 72 reproductions et tiré seulement à 150 exemplaires numérotés.* — Prix... .... **10 fr.**

LES EX-LIBRIS ANGOUMOISINS antérieurs au XIXe siècle, par Paul Mourier. — In-8 de 64 pp., *orné de 46 reproductions* et tiré à petit nombre. — Prix................................. **6 fr.**

LES EX-LIBRIS DE MÉDECINS ET DE PHARMACIENS, suivi d'une étude sur les marques personnelles macabres, par Henry-André — In-8 de 164 pp., *orné de 107 reproductions.* — Prix......... **10 fr.**

Tours. — Imprimerie Tourangelle, 20-22, rue de la Préfecture.

ÉM. PAUL ET FILS ET GUILLEMIN
Libraires de la Bibliothèque Nationale
28, RUE DES BONS-ENFANTS, 28

VIENT DE PARAITRE :

Baron DU ROURE DE PAULIN

QUELQUES RELIURES D'ALMANACHS

Jolie plaquette grand in-8 de 39 pp., éditée avec luxe et *tirée seulement à 200 exemplaires numérotés.*

PRIX : 4 Fr.

Cette étude « souvenir d'un siècle exquis d'amour, de grâces, de charmes et d'élégances » est ornée de vignettes et de 27 *reproductions représentant les plus curieux spécimens de reliures d'almanachs.*

Dix-neuf figures sont tirées dans le texte et *huit hors texte,* dont quatre en or sur couleur et une en héliogravure.

Tours, imp. Tourangelle, 20-22, rue de la Préfecture.

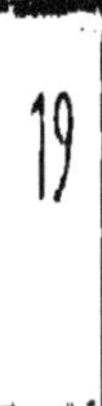

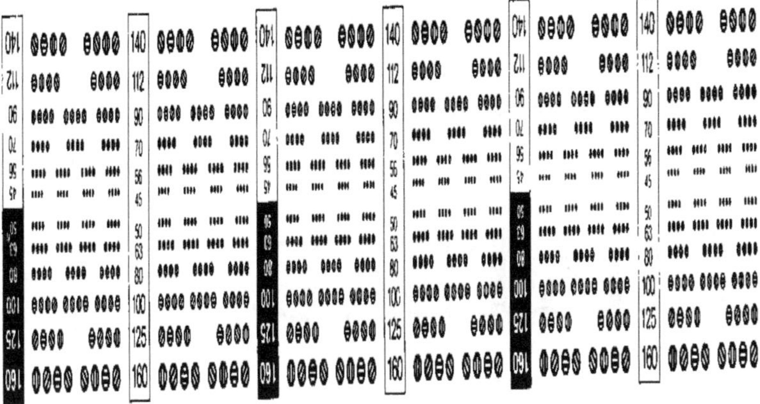

370.89.70
graphicom

BIBLIOTHEQUE NATIONALE DE FRANCE

****

CHATEAU DE SABLE

1996

www.ingramcontent.com/pod-product-compliance
Ingram Content Group UK Ltd.
Pitfield, Milton Keynes, MK11 3LW, UK
UKHW020401180726
13839UKWH00003B/1231